천년의 시 0091

꽃보다 먼저 꽃 속에

천년의시 0091

꽃보다 먼저 꽃 속에

1판 1쇄 펴낸날 2018년 11월 15일
지은이 김진엽
펴낸이 이재무
책임편집 박은정
편집디자인 민성돈, 장덕진
펴낸곳 (주)천년의시작
등록번호 제301-2012-033호
등록일자 2006년 1월 10일
주소 (03132) 서울시 종로구 삼일대로32길 36 운현신화타워 502호
전화 02-723-8668
팩스 02-723-8630
홈페이지 www.poempoem.com
이메일 poemsijak@hanmail.net

ISBN 978-89-6021-412-5
978-89-6021-105-6 04810(세트)

값 9,000원

*이 책의 국립중앙도서관 출판시도서목록(CIP)은 서지정보유통지원시스템 홈페이지(http://seoji.nl.go.kr)와 국가자료공동목록시스템(http://www.nl.go.kr/kolisnet)에서 이용하실 수 있습니다.

*이 책은 문화체육관광부, 경상남도 GYEONGNAM, 경남문화예술진흥원 GYEONGNAM CULTURE AND ARTS FOUNDATION 의 문화예술지원금을 보조받아 발간되었습니다.

꽃보다 먼저 꽃 속에

김진엽 시집

천년의 시작

시인의 말

창문이 없는 집에 창문이 생겼다
창문을 달아주신 모든 분들께
엎드려 큰절을 올린다

차 례

제2부

제3부

제4부

해 설

제1부

여

부딪쳤다 되돌아 나오는 저 파도 소리

젊어 혼자된 며느리
밭매며 부르는 휑한 노랫소리 같기도 하고
잠결에 뒤척이는 그녀의 갈라진 발뒤꿈치
이불 긁히는 소리 같기도 한

울멍울멍한 바다의 옆구리

날마다 베개 젓는 이승,

제삿날

수평선이 붉고 환하다
어머니,
물길로 오시려나 보다

어머니 좋아하는 마른 문어
수박 참외 곶감 고기전이랑 나물밥 드시라고
켜놓은 전깃불을 끈다

상 위에 촛불이 겨우 일어선다
일어서는 촛불 심지에 꽃불이 피었다
엄마는 진짜로 꽃을 좋아한다며
울던 동생이 웃는다

섬

별들이
게를 쫓아
물속으로
바위틈으로
철벅철벅 쏘다니는 소리
달이
낙지를 잡아
물간에 가두는 소리
섬이 약간 소란한 밤입니다

물간에 가둬놓은 별
살아서 헤엄치는 달

사량섬에서

아주 일찍 일어난 겨울 아침
산은 오르지 못하더라도
섬이나 한 바퀴 걷지

섬을 한 바퀴 걸을 바엔 산을 오르지
이부자리 떨치지 못하고 게으름 피우다
아침 노을에 해가 두둥실 떴다

갈매기 활짝 펼친 날개 아래
작은 여객선
어디서 오나
어디로 가나
나 보란 듯 멈칫거리는 저 배
누가 타나
누가 내리나
창가로 바짝 다가앉아 텅 빈 선창 내다보니
내릴 사람도
탈 사람도 없어
뱃고동만 멋쩍다

겨울 바다 휘저으며 떠나가는 배
마당 기슭 동백꽃, 루주를 지운다

노루귀꽃을 보며

낙엽이 삭아 흙이 되는 소리
새끼 달팽이 배밀이하는 소리로
꽃을 피우고
잎사귀를 피웠다

햇살이
부서져 나간 제 다리뼈 찾아
기웃댄 자리마다
분홍, 보라, 흰색 꽃이 피었다

솜털 보송송한 음률
가장 낮은
봄
노래

산자락엔
비린 꽃 내
비린 살내
커다란 귀

아주 가늘고 강한

봄의

뼈다귀

시월

찾아올 사람 없어도

풀숲에 묻혀 있던 오솔길 조금씩 드러나 설레고 내다보고

늦깎이 민들레 홀씨 열려 있는 하늘 문 두드리는

물든 나뭇잎 밀잠자리 몰래 첫걸음을 떼는

뜨거운 날 떠났던 사람 터벅터벅 골목길 돌아 들어오는

오래 쓴 쇠테 안경 벗어버리고 뿔테 안경 새로 맞춰 끼고

보고 싶으니 한번 다녀가라는 담박하나 깊은 마음 편지 자꾸 읽다

멀리서 기적 소리 들릴 때마다 선반 위 여행 가방 물끄러미 쳐다보는 달

시월에 피는 구절초

구절초 하얀 꽃 가만히 꺾어주는 사람이 있었던

보리수 백일장

둥지라는 제목으로
태현이가 뻐꾸기가 되어버렸네
엄마가
보리수라는 오목눈이 둥지에다 저를 버리고 갔다고 썼네
저의 이름은 김태현
또 다른 이름은 보리수라며
제 아이도 뻐꾸기가 될까 봐 두렵다고 썼네

태현아,
오목눈이 둥지를 맴돌며 우는 뻐꾸기를 잊지 마라
열심히 공부하면
절대로 네 아이는 뻐꾸기가 되지 않는다고 말했네
힘주어 말했네

붉어진 눈시울 서로 감추며
불안해하는 등을 토닥여 주며 온갖 소릴 다 해도
중학교 2학년짜리 뻐꾸기
다 알고 있다는 표정
가난한 내 가슴에다 오목눈이 둥지만 한 구멍을 뚫어놓네

남포 바다

남산정에 올라
봄 바다를 보면
젖 달라고 보채는 강아지들 있다
따박섬 부채섬 철성끝 연도 새섬 읍섬 당산끝
물큰한 젖비린내

어미젖 실컷 빨아 먹고
늦잠 자는
올망졸망 봄 강아지 일곱 마리,

새끼 걱정에 밤잠 설친 어미,
어미가 곁에 있으니 걱정 말고 자라고
물결을 살랑살랑
밀었다 당겼다
토닥토닥,

새끼들의 똥을 닦아주는 바다
밥알 흘리는 턱을 훔치는 바다
짠물 빠진 적 없는 마디 억센 바다

가만가만 저 봄 바다로 들어가
순하게 반짝거리는
강아지들 머리 쓰다듬고 싶은 봄날 아침,

수국

물러나는 어둠을 품은 고운 새벽빛이다

아침 하늘을 들어 올리고 남겨 둔 힘으로

저무는 하늘 끌어 내린다

가끔 벌이 날아들면 웃는 꽃,

꽃에서 냇물 흐르는 소리가 난다

넓은 바다 냄새가 난다는 사람도 있다

집 떠난 아들 기다리는 어머니의 비손,

중얼중얼 피어난 초저녁별이다

흔들리는 꽃그늘이 짙다

깻잎 닮은 이파리, 그냥 좋다

지난 어느 시간이다

처마 끝에 걸렸던 출출한 보리밥 바구니

십 년을 오줌똥도 안 싸고

담장 밑에 눌러앉아 크게 깨친 한 소식이다

굿당

더 안 봐도 결과는 나왔다
이천십칠년 오월 구일 밤

기쁨이 차올라
마당으로 내려섰다

하늘에 별이 총총 마당 건너 들이 들썩하다

만림 들에 굿이 났다

개구리 굿당에 신바람 굿이 났다

오월 빈 들

채우려고 비워놓은 무논
모내기 준비 다 된 저 논, 내 논 아니라도 좋다

들에 비나리
깔딱깔딱 숨넘어가는 풍년 비나리
만림 들 굿당에 큰 굿 났다

땅이 들썩,

달이 끙, 한 번 돌아눕는 데 참 오래도 걸렸다

참 좋다

돌아온 빈손

온다 간다는 말도 없이 떠났다
변명도 없이 돌아와
우두커니 앉은 못난 자식

한숨 밥상 차려주며
허기진 등 가만히 토닥여 주신다
울음이랑 설움이랑 우물거려 삼키느라
목구멍이 찢어지게 아픈 저녁

그냥 한 대 세게 얻어맞고 싶은 봄밤

어매가 농짝 밑에 모아둔 삼백육십만 원
훔쳐 달아났다
석 달 만에 돌아온 빈손
저문 벽에 기대앉은 눈에 핏발이 선다

그간 어매는 더 작은 섬이 되었다

어매의 침묵
양철 지붕에 떨어지는 빗소리

이 일 저 일 되잖은 일들이 짖어
밤새도록 귀를 때린다

세상은
석 달에 삼백육십만 원짜리 교실이었다

골고루 젓는 세상

갯마을에 비가 내린다. 어장막 눅눅한 방 갯내 절은 알전구 눈알이 발개지는 화투판 벌어졌다. 이 괴춤 저 괴춤에서 나온 판돈 꼬깃꼬깃 멸치 기름이 났다. 비릿한 천 원짜리 몇 장 야금야금 홀아비 김 씨한테 붙었나 싶더니 고향이 강원도라는 정 씨에게로 팔랑팔랑 간다. 고도리에 피박까지. 비바람 점점 거세지고 화투장 섞는 손 재바르고 경쾌하다. 담배 연기 화투판 완전히 무르익었다. 뱃사람들 어깨너머 소주나 한잔 얻어먹을까 구경하던 바다 하품 서너 번 연달아 하는 사이, 누가 화투판을 뒤엎었다. 드잡이 삿대질이 났다. 늘 딴 사람은 없고 잃은 사람만 있는 희한한 뱃사람들 화투판, 화투 놀이 끝나고 그 방 그 자리 윗목 아랫목 실실 밀어 치우고 새우잠을 잔다. 잡힐 듯 보일 듯 두어 걸음 앞인가 쫓아가면 어느새 저만치 가버리는 꿈 건지고 놓치다 등이 구부정하다. 그 많던 고기들은 다 어디로 갔을까. 갈수록 살기 힘든 남해 바닷가 작은 마을. 어젯밤 화투판에서 대판거리를 해도 그건 잠시 시름 잊는 손장난이었을 뿐, 뱃사람들 소원은 만선, 팔딱팔딱 뛰는 은빛 만선이다. 십수 년 그물질에 얄궂게 틀어진 손목 굽은 허리 끊어지게 아파도 그물에 고기 떼만 들면 신바람 난다. 비바람 지나간 하늘 미치게 맑다. 언제나 속을 보여 주지 않는 바다, 서까래 밑에 있는 시간보다

물 위에 떠있는 날이 더 많은 삶, 어디다 그물을 던져야 하나. 늘 막막한 바다,

소풍

—최명희 문학관에서

첫차를 타고 달려왔더니
집주인이 먼저 소풍 가고 없다
주인 없는 집, 객들이 멋대로 왔다 갔다
마당이 좁도록 들고 난다
대실 사람 효원
강실이
강모들이 너무 많다

필사의 힘
필사의 노력이라 쓰인 글씨 앞에
그이가 쓰다 두고 간 원고지
빈 칸,
뭐라도 써서 채워야 할 듯 연필을 쥐었으나
쓰긴 무얼 멋쩍어 일어서는 순간
찰칵, 같이 온 동무가 사진을 찍는다
오나가나 어정쩡한 모습,
봄 소풍 사진,

여기저기 울음 냄새가 가득 밴 그이의 집을 빠져나와
회화나무 가로수 아래 우두커니 섰다

첫 아침 소풍 가방 둘러메고 한껏 들떴던 효원 강실 강모
저만치 앞서 걸어가고 있다
셋 다 풀이 죽어
어깨가 축 처져 터벅터벅,

귀머거리

왜 이럴까
왜 이럴까

자꾸만 눈물이 난다
뻐꾸기는 앞산에서 울고
나는 온 집을 서성대며 훌쩍훌적,
가슴팍이 옥죄이는 게 영 터질 것만 같다

잊은 것이 있나
놓친 것이 있나

어룽어룽 눈물 달력 가만히 본다
아차,
파란 볼펜 동그라미, 엄마 제삿날, 음력 5월 24일 일요일,
휴, 닷새 뒤구나

못 알아들었다
며칠 전부터 여기저기 엄마가 있었는데
몰랐다

귀머거리
멍청이

엄마, 문밖에 와있나 현관문 화들짝 열어보는 초여름 한낮
바람에 달력이 팔랑,

포도를 따며

한 꼭지에 매달렸다고
한 몸이 될 수 있겠는가

한 꼭지에 매달렸다고
한마음 될 수 있겠는가

까만 노래 몇 송이 익어가는
포도나무 아래 나란히 서있어도
너는 빠른 노래
나는 느린 노래

호적이 같아진 그날부터 시작된 후회와 갈등

우리가 삼십 년
한 이불 덮고 살았다고 해서
꿈이 같겠는가

제2부

담양 소쿠리 장수

사투리 한 소쿠리
정 한 소쿠리
사라고
사라고
한사코 조른다

얇으면서도
겉대로 만들어
제법 팡팡하고 곱다

가닥가닥 엮으며
한 서린 노랫가락
구성지게 뽑았겠지
전라도서 예까지
오며
오며
타령은 왜 아니 나왔을라고

어둠 속을 사라지듯
멀어져 가는 뒷모습
쓸쓸함을 가득 이고 가네

기일忌日

담 밑에 놓인 절구에 손님이 들었다
수초 몇 닢 키우느라 물을 채워놓은 절구에
귀한 손님이 들었다
섬개개비 같기도 하고
휘파람새 같기도 한데
손님이 점잖다
염치도 밝아서
두어 모금 물을 마시더니
훨훨 날아 가버린다

저 새가 엄마,

엄마를 데려다 놓고 가나,

절구도
나도
먼 하늘을 보며
엄마, 하고
나직하게 불러본다

틈

비워 두었던 집 대강 치우고
찻물을 끓이려니
물독 위 조롱 바가지 귀뚜라미가 들앉아 있다
빈집을 지켜낸 호흡이다
긴 다리 곧추세우고
볼록거리는 배 바가지 바닥에 편안하게 붙이고
앉음새가 높다
오랜 셋방살이 끝내고 새 집 지어 이사 든 이웃처럼 점잖다

볼록볼록한 호흡, 끼어들 틈이 없다

바가지 속 귀뚜라미를 어쩌지요?

단추에게

늘 채우고 다닐 땐 몰랐어

한 가닥 실에
인생을 걸고
살아간다는 게
지긋지긋하다며
네가 떠난 뒤에야
존재의 소중함을 깨달았어
다시는
만날 수 없다는 걸 알았지

너 없이는
부끄럼투성이
아무것도 가릴 수 없어
그 무엇도 널 대신할 수 없어

너 떠난 자국
뜯어진 실밥
점점 의미를 잃어가고

한쪽 옷자락엔
네가 드난살이하던 구멍
휑하게 뚫려 있어

네가 몹시 보고 싶어

석류

자, 더 크게 아 해보세요
입씨름이 크다

사나흘 전 치료를 받았다
그때 둘러 씌워놓은 이 잇몸이 탈이 났다
잇몸은 퉁퉁 붓고 이는 들떴다

오복 중에 하나는 타고났다 큰소리쳤던 이
아랫니 고쳐놓고 나면 윗니 탈나고
무얼 도저히 깨물 수 없는데

치과는 싫다
앙 벌리기 싫어서 정말 싫다
탈은 났고 치과는 무섭고

이래저래 좋은 시절은 다 갔다

마당에 잘 익은 석류 너 아 해봐
벌레 먹은 이빨 있나 없나 봐줄게

자, 더 크게 아 해봐

탱탱하고 반짝이는 석류라고 벌레 안 꼬일까

작은 꽃밭 이야기

남포로 105번 길
가파른 언덕 위
자그마하고 깔끔한 집

담장도 낮고
꽃밭도 작고
낮고 작아서 다 보인다

핀 꽃 안 핀 꽃
해당화 능소화 블루베리 제비붓꽃
창문 아래 약간 구부러진 화살나무,

어느 날 마주친 집주인에게
식구가 어찌 이리 단출하고 깨끔하냐 물었더니
꽃밭이 작아서
다 솎아버린다고 했다

번지고
번져야 사는 아이들

있을 만큼만 두고 버리기가 어디 그리 쉬운가
더군다나 꽃을,

숲에서

숲으로 가는 길에 만난
나비 한 마리
허물 벗다 지쳐 죽은
날개,
큰꽃으아리 아래 햇살이 덮어준다

솔잎으로 떡갈잎 기워 만든
서러운
수의 한 벌
관이 하나

나비,
마지막 누운 자리 식을까 햇살이 왔다 간다

나뭇잎 썩어
나무가 되고
으아리 썩어
으아리꽃 피우고

날개는 썩어 무엇이 될까

여기,

허물 벗다 죽어간 나비 묻히다

애연한 떡갈잎 팻말

바람이 먼저 와 볼을 비빈다

수선화
—1월 추도에서

다시 찾아온 추도 보건진료소 앞길

버리고 간 여자
누가 훔쳐 갔나
첫배로 왔다
숨을 코로 쉬지 못하는 여자

뿌리와 꽃을 잇는 꽃대가 숨길이다
꽃이 숨,
토해 놓은 순색 숨,
숨이 씨가 되나
다시 꽃이 되기는 어려운

작년에 버리고 간 여자
얌전하게 그 자리 그대로 있다
가솔 몇 더 거느렸다

데려갈 수 없는 여자

일 년에 한 번밖에 못 보는

물빛 그림자 어룽이는 슬픈 눈

꽃이 된 얼음 발가락
너
섬의 뼈다귀

가녀린 수선화 식구들을 위해
언덕을 굴러 내려오는
예배당 종소리

줄

이 집에 나 혼자가 아니다

잔디 마당이 온통 개미집이다

바쁘다, 개미
줄을 지어 졸졸졸
한 몸이다
백이 하나 천이 하나
놀라운 하나다

발이 저리도록 쪼그리고 앉아 지켜봐도
가벼이 흩어질 줄이 아니다
엄숙한 행진

잠시 죽고 사는 근심 잊었다

벼락 이후

벼락이 끊어놓은
이팝나무 명줄

쓰러져 가로 누운
삼백 살

깃들 곳 잃은 왜가리
잘린 나뭇가지에 앉았다

넋이 빠졌다

명년 오월에는
이팝꽃 보러
하늘로 가야 하나

충의사의 밤

풀 반 꽃밭에 돌로 난 백도라지
꽃 문 닫다
꽃 문 어긋 닫혀 새로 닫느라
한 번 흔들리는
살랑,

깜박 졸다가
나무에서 떨어질까, 매미
발가락에 힘 들어가는 소리

생긴 것보다 울음소리 우렁찬 청개구리 이 가는 소리

초저녁 더위에 선잠 든 지네
기어가다 그 자리 그대로 잠들어도 간섭받지 않는 집

밟아져 축 처진 풀 잔디
이슬 빨아 당기는 소리
아주 조금씩
일어서는 풀 잔디

오백 살 농포 선생
미숫가루 한 사발 옆에 놓고
아래 윗물이 지도록
낡은 책장 넘기는 소리

풀벌레 소리 잦아들까
불도 못 켠 마루에 이슬이 든다
불을 끄고도 다 보이는 시집 한 권
덮어놓고 가슴으로 읽다
치미는 질투심

이래저래 잠들기 몹시 불편한 여름밤

치매 걸린 금평리

구월, 금평리 해가 저문다
망령 난 노인 부둣가에 앉아
망망한 수평선 바라본다
백내장으로 뿌예진 눈 수평선도 춤추는 곡선이다
해무에 뒤덮인 추억
지나는 배마다 가득 실어 보내도 마르지 않는

물굽이에 밀려온 어둠
노인을 일으킨다
삿대보다 가는 두 다리 후들거리며, 어둠이 장사다

돌아서니 길이 없고
돌아서니 물이다

집으로 가는 길

박꽃 피는 우물 먹갈치 춤추는 수평선

순분이는 언제까지나 어여쁜 새색시
육십 년을 뚝 잘라먹었다

등 돌려 가는 금평리
또 다른 천국

여자

결혼한 지 십 년이 넘은 여자

아이를 낳지 못한

눈썹이 짙고 눈이 큰 여자

옷집 창가에 걸린 아기 옷 멍하니 바라보고 섰다

들어설 수 없는 문 앞

꼭 올라야 할 벼랑 아래 선 사람

목이 타나 숨이 차나

긴 목 늘여 꿀꺽, 울음을 삼키는 여자

가던 걸음 멈추고 절절한 그 여자 뒷모습

이슥히 바라보는 또 다른 여자

눈물 속에 갇혀버린

오래 앉아있는 새

새가 오랫동안 한자리에 앉아있다

느릅나무 우듬지 돌아앉은 옆모습
검은 날개 흰 점, 딱새
근심에 찬 수컷 딱새다

목숨 다한 새
마지막 비를 보나
눈만 껌벅껌벅
굼뜨게 껌벅껌벅

비에 다 젖는데 저러고 앉았다

쉼 없이 내리는 비

젖는 새

사금산방

가로등이 사람 수보다 더 많은 동네
노인들이 모두 텔레비전 앞에서 늙어간다
집이랑
사람이랑
텔레비전이랑
얼추 같이 늙어간다

버티고 서있는 노을 속 저 집들
노인들 숨 떨어지면 결딴나리

가난에 이 갈리는 고향
돌아와 살림 차릴 자식 뉘 있겠는가

한때 밥 짓는 냄새 그득하던 집들 다
넋들의 공간이 되리

죽어도 살아도 적적한
넋들의 공간이 되리

제3부

해국

해국이 좋아
꽃밭으로 모셔 모닥모닥 옮겨 심었다
이태가 지나도록 꽃을 피우지 못한다
이파리만 무성하다
그늘만 짙다

어느 효자,
일생을 섬에서 사신 홀어머니 편히 모시느라
서울 아파트로 모셨더니
시름시름하다가 식구들 모르게
섬으로 가셨다더니

파도가 집어삼킬 듯 으르렁거리는
바위틈만 못했을까
두고 온 섬 집이 걱정일까

섬으로
바위틈으로
돌려보내야 하나
그래야 하나

너구리

바람을 감지한 갯강구들이 우왕좌왕,
도망칠 곳을 찾는다
거품 물고 달려드는 파도의 입술이 시퍼렇다
눈이 허옇게 뒤집혔다

내어놓으라고
더 내어놓으라고
커다란 입 쩝쩝거리는 바다
파도와 바람을 한데 뭉개며 달려든다
일기예보대로라면 남해안 전체가 불안하다
둘러 가라
물러가라
비손할 틈도 없다

태풍을 피해 들어온 배들 밧줄에 매달려
하룻밤 앙버티고 나니 예상과는 달리 너구리,
수평선 너머 이웃 나라에서 몸을 풀었다는 소문이 왔다
바람은 그렇게 에돌아갔고
가끔 이런 소식 들을 때마다 실실 웃음이 나온다
숨기기 싫은 웃음

월평리

초겨울 해넘이가 좋다
물러나는 하루가 바다로 걸어간다

밭둑 하나로 갈라놓은 바다와 뭍
서로 그만큼만 떨어져

밭둑 아래 번행초
김밥이 될 수 없는 번행초가 납작하다
밭에는
바다가 될 수 없는 시금치
시금치보다 더 납작하게 엎뎌 시금치를 캐는 사람
납작한 셋,
납작해야 밥이 되고 등록금이 된다

저녁이 바다로 온다
해질녘 마을 앞 들길이 다시 한 번 또렷하다
초겨울 해 서산 넘은 그 막심으로 뒤돌아보는 월평리
신이 잠깐 섰다 가는 동네
밭둑에 우두커니 기대고 있는 바다
바다로 오는 편안한 저녁
달은 곧 올 것이다

먼 곳에서 온

복숭아
시큼한 꽃이 피었다
잎보다 먼저 달려오느라
숨 가쁜 분홍꽃

발그레한 봄
벌이 들고
나비가 들고
벌 나비 복숭아꽃
수런수런 간절한 숨결
흩날리는 통성 기도

씨,
꽃보다 먼저 꽃 속에 있다

어질어질한 봄날
꽃 냄새 그득한
복숭아나무 아래 서성대다
침이 고이는 아침
떨어진 꽃잎 한 장 살며시 깨물어 본다

서너 달
복숭아 풍년 들겠다

땅끝에서

늦가을 한낮
토말土末이라 새겨진 음각 문자 앞에서 사진을 찍는다
두어 장 스냅사진을 찍다
그만,
허방을 디뎌 까르르 무너지다
바퀴벌레 밟아 죽인 발끝
뭉텅 떨어져 나간다

두고 온 줄 알았더니
지고 온 내 삶
한 방울 눈물도 없이
씀벅씀벅 아리다
뭉텅 떨어져 나간다

기우뚱한,
저는,
절뚝이는 오십,

사진에 담긴 땅끝마을 자빠름하다

피가 뚝뚝 듣는

죄의 덩어리

상수리나무 거름으로나 던져버릴까

오천 원짜리 시

음력 새해 초사흘,
아침 청소하고 돌아서자
목발 짚은 중노인이 떡하니 서있다
흠칫 놀랐지만 손님 무안할까
애써 웃으며 어서 오세요, 했더니
놀라게 해서 미안하지만 자기는 물건 사러 온 손님이 아니라 한다
손사래를 친다

새해 첫 손님,

마수도 못 했는데
천 원으로 할까
설 끝인데
오천 원으로 할까
망설이는 내 속 훤히 들여다보고 섰다
머뭇머뭇 꺼내든 오천 원짜리 율곡 이이 한 장,
홑바지 주머니 잽싸게 구겨 넣는

저만치 가는 첫 손님, 왜 바다 냄새가 날까

이래저래 마음이 더 쓰이는 한쪽 바지 자락

펄러덩펄러덩 명절 끝 날 아침을 가는 첫 손님,

살다가

진주 이반성면 충의사
삼천 평 넓은 땅
일면식 없는 남의 조상 모셔놓은 사당에 짐을 부렸다
차마 버리지 못한 것들만 한 트럭

밀려서 여기까지 왔다

땀 흘리며 짐 푸는 네 등짝, 어깨가 눈물이다
세상을 노려보던 눈물이다

낯선 집
허술한 집
살아야 하는 집

천둥 치고 바람 불고
억수 같은 비 쏟아지는 밤
귀신이 댓돌에서 울다
문고리 덥석 잡아당겨도

여기서 살아야 한다

더 이상은 밀려날 데가 없다

지난 봄, 시집온 큰며느리한테 참으로 낯이 없다

당숙모 집 동백꽃 지는 날

사금산방 가는 길,
당숙모 얼굴이나 뵙고 가자고 들렀더니
마당 가운데 이것저것 짐들이 나와 있다
올케가 이사를 간단다
아이 셋 데리고 간단다
가거든 멀리나 가든지 이 작은 섬 바로 옆 동네,
혼자 덩그러니 숙모만 남겨 두고

재종 동생 죽은 지 두어 해

아이 셋을 데려간다 하니 그나마 다행이지
온 동네 집집마다 혼자 사는 노인인데 못 살게 뭐 있느냐고
일흔다섯 당숙모 위로하고 돌아서는 발걸음, 무겁다
남은 식구 걱정
떠나는 식구 걱정
뚝뚝, 동백꽃 목을 떨군다

내가 너무 오래 산다
생때같은 자식 앞세운 어미가,

기가 꺾인 목소리
세상을 저만치 건너버린 눈동자
떠나는 올케 볼까 들을까
몰래 훔치는 눈물
주름투성이 당숙모 눈이 한동안 짓무르겠다
바싹 마른 저 노인 진이 다 빠지겠다
고갯길 오르다 뒤돌아보니
집이 왜 저리 넓고 크노

이천십사년 사월 십육일

개천면 청광교회 앞길
고양이 두 마리,
한 마리는 쓰러져 있고
한 마리는 곁에 앉아 운다

야옹야옹 곡을 하는 새끼 고양이,
상주가 너무 어리다

얼마나 무서울까

죽은 고양이 뒷다리 그러모아 쥐고
두근두근 들어 올린다
축 처진다
묵직하다

발톱, 이미 편하게 오그라졌다
젖이 퉁퉁 불은 하얀 젖가슴
젖꼭지가 발그레 선분홍인 어미,
다 묻도록 곁을 맴돌며
우는 어린 상주,

새끼 고양이 조그마한 등짝 위
라일락이 피었다
파르르 피었다

모든 것을 다 지켜본 라일락꽃,
초저녁잠이 확 달아나 버린 보라색이다

배 속 털갈이도 채 못한 어린 것
어둠 속에 두고
오봉산 고개를 넘는다

산책

몸살로 누워있는 너를 혼자 두고
집을 나섰다

수목원 가는 들길
하늘로 날아오를 듯 피어있는 코스모스
끝물 백일홍 씨방이 두둑하다

방금 설거지해 놓고 나온 네 숟가락,
어떻게 하늘에 떠있나
땅을 내려다보고 있나

하늘과 땅이 합쳐지는 저물녘

불을 켜도 어둑한 그대 방
꽤 긴 네 몸살이 짜증나
돌아가고 싶지 않은 이것도
죄,
죄를 짓다
하늘 보며 눈을 흘긴다
따라 나온 네 숟가락 보기 싫어 입을 삐쭉,

얄밉게 실실 웃는 네가 보이는 들길

이해의 볏가리보다
언제나 높다란 오해의 볏가리

같이 살면서 사랑한다는 말 몇 번이나 했나
몇 번이나 들었나
어느 날은 살자
어느 날은 말자
실랑이가 잦아지면서
차츰 인색해진 그 말

코스모스나 한 송이 꺾어가 이부자리에 슬그머니 놓아볼까

꿈꾸는 괘종시계

삼산면 미룡리 빈집 한 채
툭, 숲속 솔방울 떨어지는 소리
적막이 살아난다

바람이 솔잎 끝에서 심하게 울던 날
스스로 바다가 된 아배,
아배와 바다의 힘겨운 날들
심장이 멎어버린 괘종시계로 걸려 있다
녹슨 못에 걸려 있다
마지막 숨 두려운 멈춤,

물무늬 말라버린 두레박줄
빈혈 든 파리
무거운 이슬 털어내며
꾀죄죄한 날개 말리고 있다

괘종시계 꿈이 멎은 시간은
여섯 시 조금 넘었다
녹이 핀 여섯 시 즈음

바다엔 일몰이 시작되고
갑자기 시장기가 돈다.

사위질빵 홀씨

상강 지난 와룡산
천진암 돌확 물소리도 가늘어진 늦가을
발등에 살포시 내려앉은 홀씨 하나,
옴짝달싹 못 하고 조마조마 내려다본다
몸짓
파르르,
놀랍다
꽃씨가 어떻게 이래
털을 모아 한껏 곧추세우고 꽁지에다 온 힘을 다 주어
운동화 끈 한 번 더 파고드는 홀씨여
그 힘이여

앉을 자리 아님을 단박에 알아챈
가느다란 목숨
우물쭈물하다 그만 놓쳤다
된바람이 휘몰아 갔다
하필 모질고 질박한 인간의 발등이라니

얼마나 무서웠을까
달아날 수도 없이 몰리고 쫓기다 사라진 목숨

젊은 날에 지은 죄
씻을 수 없는 죄

지켜주지 못한 것이 어디 홀씨뿐인가

귀할 것도 없는 다리 하나 홀씨에게 주고 말걸
발등이 찌르르, 통증이 온다

서분이

늦은 봄날,
어리광 뚝뚝 묻어나는 얼굴로
가게를 들어서는 송서분,
아어바버버버어어—흐흑
우어 크—아바바버버버어
채 앉기도 전에 그간의 일 유창하게 늘어놓는다
엄지손가락 우뚝 세워 보인다
큰 눈 부릅뜨고 하아흐흑—
그저 가엾은 표정
어깨 두드리고 허리 두드린다
푸퍼아 흐흑 푸우이흐흑,
날씨는 뜨거운데 남편이랑 시어머니 엄명으로
논매고 밭매고 빨래 삶아 널고 집 청소까지 했더니
온몸이 쑤시고 아파 죽겠다까지 토해 내느라 숨이 차다

양미간에 굵은 주름 모아
손바닥으로 하늘을 가리고
뜨뜨뜨—하며 예쁜 얼굴 톡톡 두드리는 서분이
저건 틀림없이 선크림 달라는 소리

가가가 가가가,
아쉬움 가득한 얼굴로 손을 흔든다
시계 없는 손목을 톡톡,
버스 시간 다 됐다
잘 있어라 또 오께

삼산면 미룡리 대포 마을에 사는
세상이 늘 서운한 사람

모퉁이가 넷

대가못 둑에 우두커니 앉아
하늘하늘 치솟지 못하는 수양버들
물가에 앉은 까닭
축 늘어져 생각하는 사이 봄이 가버렸다

쏟아질 수 없어 반짝이는 밤하늘의 별,
여기서 문장이 막혀
숨이 턱 막혀
뜸부기 몸에 불이 났나
왜 저렇게 울까
두어 밤 뜸부기 소리에 귀를 빼앗기고 나니
슬리퍼 찔찔 끌며 저만치 등을 보이는 여름,

거미줄에 걸린 달
너인 듯 글썽하게 바라보다
가을도 후딱,
모퉁이를 돌아가 버렸다

돈 나올 구멍은 없고
지갑에 붙어있는 몇 닢으로

김장을 하나
밀린 적금을 넣나
고민하는 사이
송년의 밤 초청장이 와버렸다

네가 짜준 목도리
두르고 몇 잔,
풀고 몇 잔,
차 몇 잔 하는 사이 일 년이 맥없이,

풍경

외로운 사람들이
처마 끝에 매달아 놓은
젖은 구릿빛
형벌

두고 온 것이 많아
댕그랑
댕그랑

잊어야 할 것이 많아
댕그랑
댕그랑

스치는 바람에
솟고 무너지고
뒤집어지고

할 말이 많은 벙어리

쇠를 녹이는

죄를 녹이는
대장간 불구덩이

모든 것 다 버리고 온
눈먼
물고기

제4부

갯강구의 노래

판곡리 바닷가
한나절은 집을 짓고
한나절은 집을 잃으며 사는
갯강구 있다

발이 수없이 많다고
멀리 갈 수 있는 것도 아니다

물결에 허물어지는 모래성 바라보다
부서진 시멘트 방축 사이
숨어드는
검은 네 그림자

썰물에 집을 짓고
밀물에 집을 허는

판곡리 바닷가
생을 온통
바다에 저당 잡힌 갯강구

낙산사

별들이 자리를 바꾸는
구시월은 새살림 나기 딱 좋은 때,
군둥내 나는 살림살이 다 버립시다
여기는
의상 스님께서 관음보살을 친견하신 곳
천룡과 파랑새도 있었더랍니다
천 년도 더 넘은 얘기지만
사람들이 모두 그 말을 믿어 의심치 않고
지금까지 치성을 드리는 곳,
일출과 낙조가 최고요 으뜸이라
새살림 차리기 참 적당한 곳입니다
이승의 서러웠던 일들
울혈 든 가슴에 품고 계신 자식 셋
조실부모한 후레자식 소리 안 듣게 아등바등 살아가고 있으니
마음 탁, 놓으세요
근심 버리세요
여기에다 새살림을 차려드릴게요

천 마리 용과 파랑새에게 어머니를 맡겼으니
저는 울지 않고 기죽지 않고

빠질 듯 쓰라린 배꼽에 한 번 더 힘을 실어

남으로

남으로 갈게요

마지막 기차를 타고 밤새워 태백을 넘어가겠습니다

대가저수지에서

오리 몇 마리 줄지어 간다
움츠린 흘림체로 간다
발이 작은 가을 해
늦게 피어 더 붉은 칸나 한 송이 꺾어 들고
서산 넘어 술래 되어 가버린 뒤
철새 한 마리
투툭, 날개 쳐 올려놓는 텅 빈 하늘
생사의 경계 조금 넓어지고 팽팽해지고
움푹, 깊어진다

마치 신의 영역에 들어선 듯 아픔 없는 통증, 전율이 온다

세상을 위해 아무것도 한 일 없으나
누가 좀 들여다봐 줬으면 하는
깊은 가을이다

사람에게 위로받기보다는
저기 어디쯤에 있을 오리네집
하룻밤 묵어가길 청해 볼까
신의 영역만 같은 여기

하룻밤 쉬어 갈 수만 있다면
바삐 지는 해도 일없다
일생이 다 간다 해도 일없다

장날

늦가을 오후,
천둥이 치더니 바람이 일고 비가 내린다

먹구름 몰려오는 하늘
비 묻은 바람
설마설마하던 장꾼들
웅성웅성 갑자기 바빠졌다

어허, 이것 참 하늘이 너무하네

장사가 하도 시원찮아
해거름 손님 기다리다
결국 비를 맞는
장꾼들

신 장수 김 씨 건너 오뎅 장수 천 씨를 보며
근근이 파장까지 참아줬는걸요

파장에 내리는 비
시원찮은 장사 변명하기 좋은

찬비

짐 덜 꾸린 장꾼들 물건도 젖고 마음도 젖는
분주한 시월 이십육일

골목 이야기

성내리 뒷골목에 웬 대나무,
대 끝에 질끈 묶인 오방색 끈 좀 봐,

오며 가며 힐끔힐끔 흉을 봤더니
저 집에서 나오는 저 사람,
첫눈에 알아봤다 고향 언니다

어디서 살다 이 골목까지 왔을까

이름도 성도 점 보살로 바뀐 무녀

낯이 익은지 멈칫 섰다가 내 눈 슬그머니 피하는 건 어쩐 일일까
돌아서 가는 뒷모습, 틀림없이 웃고 간다

어정쩡한 봄날 아침, 햇살이 풀리거든 확, 좀 풀리거나

이팝나무꽃 지다

꽃이 간다

나이테와 나이테 사이
빛도 없이
환한 길로

모자란 세상을 채우다 간다

꽃은 가서
뿌리
나이테
힘살이 되고

빛도 없이 밝은
오월 등불로 잠시 걸렸다

지는 꽃을 가는 꽃이라고
우겨본다

가는 이팝나무꽃

호랑나비 번데기

누가 자고 있다

한 가닥 실에 매달린 집
허허 공중에 달아맨 저 힘
겨울나무 가지 끝
반투명 둥근 집

누군가 세상모르게 잠들어 있다

바람도 둘러 가는 집

물컹거리는 몸뚱어리 수분을 걷어내고 있다

날개를 다는 중이다

꿈꾸는 날개를 위해
새들은 기도하고
새들의 기도
하늘로
하늘로

밀어 올리는

겨울빛 둥근 집

볼록하고

아주

작은

집

수밀도

쳐다만 봐도
멍이 들 것 같은 수밀도 한 봉지 들고
사무치게 찾아갈 곳이 있었다

볕이 잘 드는
남도 땅 작은 마당
옷가지보다 생미역이 말라가던 빨랫줄
반그늘 툇마루에 나앉아
하염없이 나를 기다리던 사람이 있었다

수밀도보다 들척지근한 그대
아주 멀리 떠나보내고
까만 비닐봉지 속에서 물크러져 가는 복숭아

쓱쓱 껍질 벗겨 덥석 깨물어 본다
손가락 사이사이 뚝뚝 흐르는 단물
후루룩 눈물인 듯 삼키며
혼자 먹는 수밀도
먹어도 허기지는

저녁

퇴근길
피자 한 판 사들고
집으로 돌아가는 남도의 가장
구슬땀에 몇 번이나 젖고 말랐을까
등판에 얼룩얼룩 핀 하얀 소금꽃
소금꽃 핀 조선소 작업복이 당당하다
안전화 소리
뚜벅뚜벅 힘차다
커다란 세상 한 판 들고 가는

젊은 아버지 등이 넓다
아이 두엇 한꺼번에 매달려도 끄떡없겠다

일찍 들어온 가로등
길모퉁이 교인도 없는 동네 예배당
십자가만 붉다

가로등도 예수도 피자가 먹고 싶어
졸졸 따라가는 봄밤

피자 한 판에 골목이 넉넉해지는 봄밤,

목숨은 뜨겁다

터졌다

달구어진 땅 가장 낮은 자리
채송화 씨방이 터졌다

정신이 반은 나갔다
불볕 내리쬐는 여름 한낮에
유구한 살림을 엎다니

해마다 여름만 되면 도지는 병

내가 해결할 수 없는 일이 터졌다

가장, 담배를 뻑뻑 피우고 있다
엎은 살림 가까이 아무도 가지 못하고
해는 자글자글 뜨겁다
식솔들이나 이웃들
기가 막혀
귀만 점점 커진다

거덜 난 채송화네 살림살이,

비 오는 날의 오케스트라

푸른 6월에 오로지 푸르지 못한 것은 너 하나

마루 끝에 나앉아 빗소리 듣는 도돌이표

담쟁이 수국 후박나무 잎은
시라솔
동백나무 초롱꽃 흰붓꽃
도미솔
차나무이파리 섬장구채
파#라
시라솔도미솔파#라
젖어서 더 푸른 것들의 연주
악악대는 개구리까지
완벽한 오케스트라

도돌이표,
너 혼자 불협화음
눈시울 젖는,

보물찾기

봄 동산 푸른 숲에서
보물찾기를 배웠다

가을 동산 물든 숲에서
보물찾기를 배웠다

배암이 나올 듯도 하고
배암보다 무서운 짐승이 나올 듯한 숲

연필 한 자루 책받침 하나 찾지 못하고
모이라고 재촉하는 선생님 야속한 호각 소리
손등으로 꾹 눌러 닦은 소심한 내 눈물

서투른 내 보물찾기로
너 하나 찾는다는 게
이렇게 힘들다는 것

그때부터였다는 것

봄 동산 푸른 숲 너를 찾는 나
가을 동산 물든 숲 나를 찾는 너

두루미의 시

두루미가 시를 쓴다
다랑논 벼 포기 사이사이
모음 자음 자유로이 엮어
긴 다리로 사푼사푼 시를 쓴다
벼꽃, 떨어질 듯 작은 꽃자리 얼비치는
우아한 발자국마다
고이는 시어들

가만가만 따라 써보지만
애를 쓸수록 형편없는 받아쓰기
졸고 있는
두렁콩잎 깨우며
두루미 날아가는 하늘은
또 한 편의 여운시여라

달

하늘에 떠있는
한 권의 시집
오래된 시집
금박으로 꾸욱 눌러쓴
단 한 마디
서릿발보다 차고 명료한
저 한마디

하나님의 일기장

홍역 앓는 시간

들숨 날숨 훔쳐보는

숨 쉬는 일기장

골다공증

뼈 마디마디 꽃이네

무너지고
주저앉고
뭉개지고

얼마나 아팠을까

흉하디흉한 꽃밭, 괜히 뒤적거렸네

뼈가 주저앉는 줄도 모르고 살았네

육십 년을 살았네

겨울 불일암

홀로 남은 장독 한 분 안거 중이다

나무도 숨 고르기 힘든
높은 산 깊은 골짜기

눈 감은 불일폭포
봄이 와야 풀릴 경전

불심 깊은 용소에
얼어붙은 부처님 말씀

지리산 골짜기
절집 계곡 장독 스님
불심도 깊어
묵언 수행
묵언 정진

팔월에는

팔월에는
금평리로 가봐
길이 바다고 바다가 길이다
사람들이 모두 다 바다와 한편이다
집집마다 대문이 바다 쪽으로 나있고
잘 때는 머리를 바다로 두며
눈은 감아도 귀 열어놓는 법을 아는 사람들이 산다
아침에 일어나면
노 소리 나는 방문을 열고 나와
파도 소리 고여있는 신을 신고
두 팔 힘껏 파도를 밀어내듯 기지개를 켠다
옥녀의 전설
잠자리 꼬리마다 매달려 있는
장수하는 과부가 유난히 많은 동네
아랫마을 윗마을 여러 집 한꺼번에 제사가 들어
같은 슬픔 나눠 먹는 날도 있다
팔월에는
사량도로 가봐

해 설

눈물

Mama ooh didn't mean to make you cry
If I'm not back again this time tommorrow
Carry on, carry on as if notihing really matters*

문종필(문학평론가)

마을

마을이 있다. 이 마을에는 병들고 나이 든 사람들로 북적거린다. 대문을 열면, 작고 작은 노인들이 옹기종기 모여 담소를 나눈다. 생기라고는 찾아볼 수 없다. 여행을 목적으로 이곳에 잠시 방문할 수는 있겠지만, 정착하고 싶지는 않다. 흉측하고 힘없는 마을이다. 하지만 이곳에서도 아이들은 뛰어다녔고, 젊은이들은 넘실거렸다. 사람들의 두 손은 항상 무거웠으며, 분주한 발자국으로 인해 시커멓게 마을이 물들

* Freddie Mercury가 작곡한 Queen의 노래 일부를 빌려 온 것임을 밝힌다.

었다. 달빛은 먹물을 쓸어 담았다. 젊은 부부는 아이를 키우기 위해 마을 주변에서 돈을 벌었고, 미래를 기약하며 적금을 부었다. 저금통에 동전을 넣었다. 입구가 찢어졌다. 아이가 건강하게 성장하기를 기도했다. 누군가는 홀로 남겨지기도 했다. 외로움을 버텨야 했다.

이 마을에 시인이 서있다. 그는 시라는 형식으로 이곳의 정서를 담아낸다. 우리는 이 시집을 읽으며 남도의 작은 바닷가 풍경을 훔칠 수 있다. 시인과 함께 바닷가 주변을 걸어다닐 수 있다. 해변을 걷고, 신발에 묻은 모래를 털 수 있다. 좁고 좁은 골목길 주변을 기웃거리며 바닷가 주변에 있는 모든 것들과 호흡할 수 있다. 나에게 구절초를 꺾어주던 사람과 우연히 인사할 수도 있다. 서로의 주름을 만질 수 있다.

다름

시인이 걷는 보폭은 느리고 무겁다. 리듬이 먼저 질주하고, 언어가 포개진다. 그는 어쩌면 낭송하기 위해 자신의 시를 제작했는지도 모르겠다. 그래서 그의 시집을 읽는 행위는 언어와 리듬 사이에 놓인 미묘한 감정을 읽어내는 것과 무관하지 않다. 따라서 우리는 그가 운영하는 언어 뒷면에 올라가 미세한 줄타기를 할 줄 알아야 한다.

누군가는 이 리듬과 언어를 낡은 것으로 규정지을 수 있고, 부정적인 맥락에 가져다 놓을 수 있다. 하지만 낡은 것을 무조건 좋지 않다고 생각할 필요는 없다. 낡더라도 어떻게 낡아갈 수 있느냐에 따라서 낡은 것은 그 나름대로 의미를 지닐 수 있기 때문이다. 여기서 기준은 진정성이다. 이 조건을 충족할 때, 낡은 것은 새로운 것보다 앞서게 되고 사람들로 하여금 '낡고 새로운 것'이 아닌, '다르다는 것'을 증명한다.

삶

시인은 "뼈가 주저앉는 줄도 모르고"(「골다골증」) 육십 년을 살았다. 한때는 튼실한 치아를 가지고 있었다. 그래서 사람들에게 자랑했다. 하지만 이제는 사정이 다르다. "이래저래 좋은 시절"(「석류」) 모두 흘려보냈다. "더 이상은 밀려날 데가 없다"(「살다가」). 그는 "절뚝"(「땅끝에서」)이며 생을 살아간다. 지금 그는 끝에 서있다. 찬란한 미래를 생각하기보다는 끝에 매달려 좌우로 흔들린다. 그렇다고 해서 시인이 서있는 지점이 막막한 것은 아니다.

꽃이 간다

나이테와 나이테 사이
빛도 없이
환한 길로

모자란 세상을 채우다 간다

꽃은 가서
뿌리
나이테
힘살이 되고

빛도 없이 밝은
오월 등불로 잠시 걸렸다

지는 꽃을 가는 꽃이라고
우겨본다

가는 이팝나무꽃

—「이팝나무꽃 지다」 전문

시인은 꽃이 떨어지는 순간을 바라본다. 꽃이 떨어지는 것은 꽃의 끝을 목격하는 것과 다름없다. 하지만 꽃이 떨어진다고 해서 슬픔만이 존재하는 것은 아니다. 꽃이 떨어지는 찰나에 나무 스스로 나이테와 힘살을 만들기 때문이다. 그래서 시인은 꽃이 '진다'고 말하지 않고, 꽃이 '간다'고 말한다. '-간다'라는 시어를 통해, '끝'의 운명을 능동적으로 이끈다. 시인의 이러한 태도는 자신의 삶이 "골목"(「골목 이야기」)으로 비유될지라도 꿋꿋하게 버티는 것과 관련 있다.

남포로 105번 길
가파른 언덕 위
자그마하고 깔끔한 집

담장도 낮고
꽃밭도 작고
낮고 작아서 다 보인다

핀 꽃 안 핀 꽃
해당화 능소화 블루베리 제비붓꽃
창문 아래 약간 구부러진 화살나무,

어느 날 마주친 집주인에게
식구가 어찌 이리 단출하고 깨끔하냐 물었더니
꽃밭이 작아서
다 솎아버린다고 했다

번지고
번져야 사는 아이들
있을 만큼만 두고 버리기가 어디 그리 쉬운가
더군다나 꽃을,

—「작은 꽃밭 이야기」 전문

시인은 꽃밭이 "단출하고 깨끔"한 이유를 집주인에게 물어 본다. 집주인은 별 어려움 없이 대답한다. "솎아"내면 된다는 것이다. 시인은 이 말을 듣고 자신의 삶을 반성한다. 자신에게 일어나는 모든 일들과 관련해 "있을 만큼만 두고 버리기가 어디 그리 쉬운가"라며 반문한다. 이 발언은 시인이 좋아하는 '꽃'을 향한 발화이지만, 삶의 순간을 표현한 것으로 읽어도 무방하다. 이처럼 '끝'을 마주하는 과정 속에서 시인은 자신의 삶을 끌어 올린다.

사랑

시인 곁에는 "한 이불 덮고"(「포도를 따며」) 30년을 산 사람이 있다. 30년은 긴 시간이다. 이 시간 동안 어느 날은 살자고, 어느 날은 말자고 실랑이를 벌이기도 했을 것이다. 사랑한다는 말은 무덤덤해져 어색한 말이 된 지 이미 오래다. 하지만 시인은 이러한 어색함을 거뜬히 넘길 줄 안다.

> 한 꼭지에 매달렸다고
> 한 몸이 될 수 있겠는가
>
> 한 꼭지에 매달렸다고
> 한 마음 될 수 있겠는가
>
> 까만 노래 몇 송이 익어가는

포도나무 아래 나란히 서있어도
너는 빠른 노래
나는 느린 노래

호적이 같아진 그날부터 시작된 후회와 갈등

우리가 삼십 년
한 이불 덮고 살았다고 해서
꿈이 같겠는가

—「포도를 따며」 전문

이 시에서는 "빠른 노래"를 부르는 당신과 "느린 노래"를 부르는 화자가 등장한다. 한쪽은 빠르고, 한쪽은 느리다. 빠르고 느리다는 점에서 당신과 화자는 엇갈릴 수밖에 없다. 한 꼭지에 매달린 포도송이가 모두 같은 크기를 가지고 있지 않듯이, 나와 당신은 어긋난 모습으로 그려진다. 현재 시인의 삶은 후회와 갈등이 공존한다. 그러나 이 시의 마지막 행에서 시인은 다름을 인정하고, 서로를 이해하기 시작한다. '나'와 '당신'의 꿈이 같을 수 없다는 사실을 받아들인다.

엄마

남녀 사이에서만 사랑이 빛나는 것은 아니다. 말로 표현할 수 없는 교묘한 감정이 부딪친다는 점에서 남녀의 사랑만큼

지독하고 설레는 것은 없다. 하지만 이보다 더 지독한 사랑은 탯줄과 얽힌 것이 아닐까. 이 사랑은 너무나 익숙해서 무덤덤할 때도 있지만, 많은 시간을 함께 보낸 당신의 이야기라는 점에서 독보적이다.

수평선이 붉고 환하다
어머니,
물길로 오시려나 보다

어머니 좋아하는 마른 문어
수박 참외 곶감 고기전이랑 나물밥 드시라고
켜놓은 전깃불을 끈다

상 위에 촛불이 겨우 일어선다
일어서는 촛불 심지에 꽃불이 피었다
엄마는 진짜로 꽃을 좋아한다며
울던 동생이 웃는다

—「제삿날」 전문

제삿날에 가족들이 모였다. 음식을 장만한다. 어머니가 생전에 좋아했던 음식을 올려놓는다. 어머니는 마른 문어를 좋아했고, 수박을 좋아했다. 참외와 곶감을 잘 드셨다. 고기전과 나물밥을 맛있게 삼키셨다.

켜놓은 전깃불을 끈다. 꽃 같은 심지가 일어선다. 이때,

엄마가 우리 곁에서 웃는다. 엄마는 우리 곁에서 살아 숨 쉰다. 엄마는 맛있는 음식을 평소 때처럼 잘 드신다. 마른 문어를 꼭꼭 씹어서 맛있게 넘기신다. 이런 엄마를 바라보니 내 입가에 저절로 미소가 맴돈다.

하지만 이러한 태도는 살아있는 자들의 생각이다. 엄마는 지금 이 세상에 없다. 두 번 다시는 이승에서 엄마를 만져볼 수 없다. 그래서 시인은 "먼 하늘을 보며/ 엄마, 하고/ 나직하게 불러본다"(「기일忌日」). 이 행위를 시인은 생이 끝날 때까지 반복할 수밖에 없다. 아무것도 바라지 않았던 유일한 당신이라는 점에서, 시인이 잘되기를 진심으로 바랐던 당신이라는 점에서, 엄마를 반복해서 부를 수밖에 없을 것 같다. 엄마가 생각이 나면 맛이 단 복숭아를 한입 꽉 깨물며, 눈물을 떨어트려야 할 것 같다.

쳐다만 봐도
멍이 들 것 같은 수밀도 한 봉지 들고
사무치게 찾아갈 곳이 있었다

볕이 잘 드는
남도 땅 작은 마당
옷가지보다 생미역이 말라가던 빨랫줄
반그늘 툇마루에 나앉아
하염없이 나를 기다리던 사람이 있었다

수밀도보다 들척지근한 그대
아주 멀리 떠나보내고
까만 비닐봉지 속에서 물크러져 가는 복숭아

쓱쓱 껍질 벗겨 덥석 깨물어 본다
손가락 사이사이 뚝뚝 흐르는 단물
후루룩 눈물인 듯 삼키며
혼자 먹는 수밀도
먹어도 허기지는

—「수밀도」 전문

바다

시인은 바닷가 주변을 걷고 있다. 바닷가 주변을 걸어 다니면서, 바닷가 주변 사람들의 이야기를 적고, 바닷가 주변의 풍경을 노래한다. 이곳의 풍경은 사람들이 북적거리는 여수 밤바다와는 거리가 멀다. 사랑을 논하는 바다와도 다르다. "눈은 감아도 귀 열어놓는 법을 아는 사람들이"(「팔월에는」) 사는 바다이지만, "장수하는 과부가 유난히 많은 동네"이자, 여러 집이 한꺼번에 제사를 치르고, 슬픔을 나눠 먹는 동네이다. 그만큼 시인이 사는 바다는 쓸쓸하다.

갯마을에 비가 내린다. 어장막 눅눅한 방 갯내 절은 알전구

눈알이 발개지는 화투판 벌어졌다. 이 괴춤 저 괴춤에서 나온
판돈 꼬깃꼬깃 멸치 기름이 났다. 비릿한 천 원짜리 몇 장 야
금야금 홀아비 김 씨한테 붙었나 싶더니 고향이 강원도라는
정 씨에게로 팔랑팔랑 간다. 고도리에 피박까지. 비바람 점점
거세지고 화투장 섞는 손 재바르고 경쾌하다. 담배 연기 화투
판 완전히 무르익었다. 뱃사람들 어깨너머 소주나 한잔 얻어
먹을까 구경하던 바다 하품 서너 번 연달아 하는 사이, 누가
화투판을 뒤엎었다. 드잡이 삿대질이 났다. 늘 딴 사람은 없고
잃은 사람만 있는 희한한 뱃사람들 화투판, 화투 놀이 끝나고
그 방 그 자리 윗목 아랫목 실실 밀어 치우고 새우잠을 잔다.
잡힐 듯 보일 듯 두어 걸음 앞인가 쫓아가면 어느새 저만치 가
버리는 꿈 건지고 놓치다 등이 구부정하다. 그 많던 고기들은
다 어디로 갔을까. 갈수록 살기 힘든 남해 바닷가 작은 마을.
어젯밤 화투판에서 대판거리를 해도 그건 잠시 시름 잊는 손
장난이었을 뿐, 뱃사람들 소원은 만선, 팔딱팔딱 뛰는 은빛
만선이다. 십수 년 그물질에 얄궂게 틀어진 손목 굽은 허리 끊
어지게 아파도 그물에 고기 떼만 들면 신바람 난다. 비바람 지
나간 하늘 미치게 맑다. 언제나 속을 보여 주지 않는 바다, 서
까래 밑에 있는 시간보다 물 위에 떠있는 날이 더 많은 삶, 어
디다 그물을 던져야 하나. 늘 막막한 바다,

—「골고루 젖는 세상」 전문

그의 시집에서 확인할 수 있는 많은 바다 시편 중, 이 시는 "막막한 바다"의 풍경을 구체적으로 잘 형상화해 내고 있

다. 이곳의 바다가 막막한 이유는 어부들이 할 수 있는 것이 아무것도 없기 때문이다. 작은 바닷가 마을에서 어부들이 할 수 있는 것은 옹기종기 모여서 화투를 치는 것뿐이다. 그들은 "손장난"하며 서로의 마음을 달랜다. 화투 놀이가 끝나면 일상이었던 만선의 꿈을 습관처럼 꾼다. 이 시편은 남도의 작은 바닷가 풍경을 구체적으로 제시해 준다는 점에서, 특별한 의미를 지닌다.

시인이 쓴 바다 시편 중 눈길을 보낼 수밖에 없었던 또 다른 장면은 여성과 관련된 것이다. 시인이 바라본 여성의 모습은 "눈물 속에 갇혀버린"(「여자」) 여자이자, "데려갈 수 없는 여자"(「수선화」)이고, "날마다 베개"(「여」)에 눈물을 쏟아야 하는 인물로 묘사된다. 이러한 태도는 동네의 특수성 때문일 수도 있겠지만, 한편으로는 시인의 정서를 대변해 주는 것일 수 있다. 이 정서가 시인의 시집을 가로지른다.

보물

시인은 "치미는 질투심"(「충의사의 밤」)으로 시를 완성한다. "보물찾기"(「보물찾기」) 하듯이, 시어를 찾는다. 이 의지는 적적한 정서 속에서 이뤄진다. 그러나 그의 시집이 우울한 정서로만 채워져 있는 것은 아니다. 적적한 감정이 강한 것은 맞지만, 모든 시편이 이 감정을 통과하는 것은 아니다.

"피자 한 판에 골목이 넉넉해지는 봄밤"(「저녁」)의 모습을

그리기도 하고, “꿈꾸는 날개”(「호랑나비 번데기」)를 갖기 위해 노력하는 나비의 꿈을 상상하기도 한다. “몰리고 쫓기다 사라”(「사위질빵 홀씨」)지는 홀씨의 처지를 쓰다듬어 주기도 하고, “일흔다섯 당숙모”(「당숙모 집 동백꽃 지는 날」)의 삶을 위로해 주기도 한다. 늘 채우고 다니던 단추를 바라보며, 두 번 다시는 만날 수 없는 인간의 운명을 노래한다. 소쿠리 장수의 간절함을 감싸 안기도 하고, 한국 현대사의 혁명적인 순간을 기록하기도 한다.

이처럼 시인의 시 쓰기는 다양한 방식으로 펼쳐진다. 독자분들께서는 시인의 맨얼굴과 직접 마주하길 바란다. 이 만남이 즐겁고 유쾌한 여행이 되기를 희망한다. 시집 속에 등장하는 굽은 동작들과 조심스럽게 인사하기를 바란다.

천년의시인선

0001 **이재무** 섣달 그믐
0002 **김영현** 겨울 바다
0003 **배한봉** 黑鳥
0004 **김완하** 길은 마을에 닿는다
0005 **이재무** 벌초
0006 **노창선** 섬
0007 **박주택** 꿈의 이동 건축
0008 **문인수** 홰치는 산
0009 **김완하** 어둠만이 빛을 지킨다
0010 **상희구** 숟가락
0011 **최승헌** 이 거리는 자주 정전이 된다
0012 **김영산** 冬至
0013 **이우걸** 나를 운반해온 시간의 발자국이여
0014 **임성한** 점 하나
0015 **박재연** 쾌락의 뒷면
0016 **김옥진** 무덤새
0017 **김신용** 부빈다는 것
0018 **최장락** 와이키키 브라더스
0019 **허의행** 0그램의 시
0020 **정수자** 허공 우물
0021 **김남호** 링 위의 돼지
0022 **이해웅** 반성 없는 시
0023 **윤정구** 쥐똥나무가 좋아졌다
0024 **고 철** 고의적 구경
0025 **장시우** 섬강에서
0026 **윤장규** 언덕
0027 **설태수** 소리의 탑
0028 **이시하** 나쁜 시집
0029 **이상복** 허무의 집
0030 **김민휴** 구리종이 있는 학교
0031 **최재영** 루파나레라
0032 **이종문** 정말 꿈틀, 하지 뭐니
0033 **구희문** 얼굴
0034 **박노정** 눈물 공양
0035 **서상만** 그림자를 태우다
0036 **이석구** 커다란 잎
0037 **목영해** 작고 하찮은 것에 대하여
0038 **한길수** 붉은 흉터가 있던 낙타의 생애처럼
0039 **강현덕** 안개는 그 상점 안에서 흘러나왔다
0040 **손한옥** 직설적, 아주 직설적인
0041 **박소영** 나날의 그물을 꿰매다
0042 **차수경** 물의 뿌리
0043 **정국희** 신발 뒷굽을 자르다
0044 **임성한** 이슬방울 사랑
0045 **하명환** 신新 브레인스토밍
0046 **정태일** 딴못
0047 **강현국** 달은 새벽 두 시의 감나무를 데리고
0048 **석벽송** 발원
0049 **김환식** 천년의 감옥
0050 **김미옥** 북쪽 강에서의 이별
0051 **박상돈** 꼴찌가 되자
0052 **김미희** 눈물을 수선하다
0053 **석연경** 독수리의 날들
0054 **윤순영** 겨울 낮잠
0055 **박천순** 달의 해변을 펼치다
0056 **배수룡** 새벽길 따라
0057 **박애경** 다시 곁에서
0058 **김점복** 걱정의 배후
0059 **김란희** 아름다운 명화
0060 **백혜옥** 노을의 시간
0061 **강현주** 붉은 아가미
0062 **김수목** 슬픔계량사전
0063 **이돈배** 카오스의 나침반
0064 **송태한** 퍼즐 맞추기
0065 **김현주** 저녁쌀 씻어 안칠 때
0066 **금별뫼** 바람의 자물쇠
0067 **한명희** 마른나무는 저기압에가깝다
0068 **정관웅** 바다색이 넘실거리는 길을 따라가면
0069 **황선미** 사람에게 배우다
0070 **서성림** 노을빛이 물든 강물
0071 **유문식** 쓸쓸한 설렘
0072 **오광석** 이계견문록
0073 **김용권** 무척
0074 **구회남** 네바강의 노래